A mis hijos Julieta, Lola y Felipe.

1ª edición Julio 2017

Diseño y diagramación: Gomo | Estudio de diseño

Copyright © 2014 by Ximena García
All Rights Reserved
© 2017 by Ediciones Urano, S.A.U.
Aribau, 142 pral. – 08036 Barcelona
www.edicionesurano.com
www.uranito.com

ISBN: 978-84-16773-35-0
E-ISBN: 978-84-16990-49-8
Depósito legal: B-13.887-2017

Fotocomposición: Ediciones Urano, S.A.U.

Impreso por: Gráficas Estella, S.A.
Carretera de Estella a Tafalla, km 2 – 31200 Estella (Navarra)

Impreso en España - *Printed in Spain*

Para cuidarte mejor

Ximena García

Uranito

Argentina • Chile • Colombia • España
Estados Unidos • México • Perú • Uruguay • Venezuela

—Caperucita, estoy preparando la leche.

(Baja despacio. No te vayas a caer).

—Mami, ¿puedo ir a casa de la abuela?

—Hoy no, Caperucita. Ya está oscureciendo y es peligroso.

(Cuidado con la leche. No te quemes).

—Entonces, ¿puedo ir mañana?

—Mañana veremos. No me gusta que vayas sola por ahí.

(Y no te destapes que te vas a resfriar).

–Buenos días, mamá.

–Buenos días, Caperucita.

–¿Hoy puedo ir a casa de la abuela?

–¿Por qué mejor no me ayudas a preparar unos pastelitos? ¿Te parece?

(Pero no te acerques al horno que está caliente).

–¿Y ahora?

–No insistas más, hijita.

(Y no juegues así con el gato
que te puede arañar).

—¡¿Qué estás haciendo, Caperucita?!

(¡Cuántas veces te he dicho que no saludes a extraños!).

—Está bien, Caperucita.
Puedes ir a casa de tu abuela.
No te olvides la cesta con los pastelitos.

–¡Espera, hija!
Dame la mano, mejor te acompaño.

(No sea que ocurra algo por el camino).